U0058535

妖怪醫院 5

我的夢會被妖怪吃掉嗎？

文 富安陽子　圖 小松良佳　譯 游韻馨

最近我每天晚上都做惡夢，
不過，做惡夢的
似乎不只我，
我的老師、我的同學也做了惡夢……
不僅如此，整個鎮上的居民
都被惡夢纏身。
後來才發現，原來這一切都是妖怪搞的鬼！
更令我沒想到的是，
鬼燈醫生又出現在我的眼前！

目錄

1 每天做惡夢！ 6
2 鬼燈醫生出現在房間裡！ 16
3 座敷童子開的路 28
4 昨夜的我在睡覺？ 39
5 凶手就是他？ 55
6 夢之樹的果實 71
7 吃夢的妖怪群 84

8 和妖怪做朋友？ 108

鬼燈京十郎的觀察日記

食夢貘篇 122

456 讀書會之妖怪小學堂 127

妖怪醫院 5

我的夢會被妖怪吃掉嗎？

文 富安陽子　圖 小松良佳　譯 游韻馨

1 每天做惡夢！

今天一早起床後我還是好想睡、好想睡、好想睡喔！和同學集合後，一起上學的途中，我連打了十個呵欠。

昨天晚上我做了很可怕的夢，睡得很不好。

在夢裡，我因為忘了帶功課到學

校而被老師罵。我不斷跟老師道歉，老師還是很生氣的破口大罵。後來老師竟變成一隻大象，拖著巨大的身體追著我跑，還舉起腳想要把我踩扁！

其實不只昨天晚上，過去這一、兩個星期以來，我每天都做很奇怪的夢。

有一天我夢見我飄浮在一個很暗很暗的空間，不斷往上旋轉，上面

有一個很大的削鉛筆機，我的頭就快被吸進削鉛筆機裡了。還有一天，我夢見自己陷入一處紫色沼澤，那個沼澤深不見底，我就這樣不斷往下沉。還有，我夢見一隻粉紅色鱷魚張開血盆大嘴追著我跑，差一點就要咬到我的屁股了……

「呵——」就在我打了第十一個呵欠後，走在我旁邊的健太同學也被我傳染，跟著打了一個呵欠，接著問我：

「恭平，你看起來很睏的樣子，你昨天很晚才睡嗎？」

我搖搖頭說：「不是這樣啦，我睡得不是很好。這陣子，我每天都做奇怪的夢。我昨晚竟然夢到老師變成一隻大象，追著我跑。」

健太聽我這麼一說，神情訝異的看著我說：

「真的假的！我最近也一直做很奇怪的夢耶！昨天晚上的夢真是嚇死我了！我夢見自己從補習班回家，一開門就看見三具骷髏在我家玄關跳踢踏舞。」

健太的話才說完，接下來的發展更是出乎意料，其他一起上學的同學竟也紛紛參與我們的話題，你一言，我一語的說：

「我也做惡夢了。」

「我最近也是，一直做很不好的夢。」

令人驚訝的不只如此。當我們走進教室坐定，準備上課時，我們的導師黑澤老師一走進教室，也對我們說一模一樣的話。

黑澤老師一站上講臺就打了一個大大的呵欠，接著像是為自己的行為辯解般的說：

「不好意思，一大早就打呵欠。老師最近一直做惡夢，睡得不好。不說你們不知道，昨天晚上的夢真的很可怕——

「我夢到我站在講臺正要開始上課，一看臺下，卻發現底下的學生都是小嬰兒。沒辦法，我還是得上課，只好先完成敬禮儀式。我大聲喊『起立』，沒想到所有嬰兒一起放聲大哭，當時真的是一團混亂啊！吵死人了！

「我被吵到受不了，趕緊跑出走廊，原本坐在教室裡的嬰兒全都爬了出來，追著我跑。他們爬的速度很驚人，快到連田徑選手也追不上。」

聽到老師這麼說，我忍不住想：「原來我昨晚被變成大象的老師追的同時，老師也正被一群可怕的嬰兒追得落荒而逃啊。」

話說回來，不只是老師被惡夢纏

身。班上其他同學聽完老師的親身經歷後，都紛紛跳出來說自己也做了惡夢。這件事實在是太詭異，背後一定有什麼隱情。

老師歪著頭說：「這究竟是怎麼一回事？」

班上同學爭先恐後的回答：

「莫非這是什麼不好的預兆？」

「難道要發生地震了嗎？」

教室裡立刻變得鬧哄哄的。

這個時候，還沒有任何人知道，班上的老師和同學晚上全都做惡夢的原因。

事實上，不只是學校裡的老師和學生，我住的城鎮裡的每位居民，都還不知道自己為什麼每天晚上做惡夢。不過，我心中隱約有一股不祥的預感。

我認識一個人，每次發生這種無法以科學解釋的事情時，他一定會出現。而且我也很清楚，只要他出現，我就沒有好日子過。

他的名字叫做鬼燈京十郎，是全世界獨一無二的妖怪內科名醫。

我在偶然的機會下闖進妖怪世界，認識這位鬼燈醫生。從此之後，鬼燈醫生老是把我當他的助手使喚，也不管我是否真的願意。

拜鬼燈醫生所賜，我接觸了許多過去我一聽到名稱就嚇得拔腿

狂奔的妖怪。他也多次把我拖進妖怪世界裡，讓我經歷不少驚險的危機。

我心裡想著：「再怎麼說……惡夢與妖怪應該八竿子也打不著吧？既然與妖怪無關，應該就沒有鬼燈醫生出場的機會了。」

我如此想著，抹去心中不祥的預感，不再去想鬼燈醫生的事。

此時的我完全不知道，其實糾纏著鎮上居民的惡夢與妖怪大有關係。

2 鬼燈醫生出現在房間裡！

放學之後，有件恐怖的事情正在家裡等著我。

我回到家後，跟媽媽說完「我回來了」就跑到浴室洗手、漱口，將書包放回自己的房間。我抬頭一看，竟然看到鬼燈醫生坐在書桌前的椅子上。

這一刻我還以為自己在做夢。鬼燈醫生怎麼可能出現在我的房間裡？這是夢，這一定是夢！而且是讓人嚇出一身冷汗的惡夢！

我不由得哀號：「為什麼我老是做這麼倒楣的夢？饒了我吧。」

鬼燈醫生一臉不屑的說：「喂，什麼叫倒楣的夢，給我說清楚！你不喜歡我出現在你的夢裡嗎？再說，你看清楚，這可不是夢，是現實生活。大白天的在做什麼白日夢？」

我大喊：「你騙人！」

「噓！」鬼燈醫生豎起食指放在嘴脣上，接著說：「不要叫那麼大聲，要是被你媽媽發現了，你要怎麼解釋？接下來我們要去辦一件很重要的事，最好不要被你的家人發現。」

我不再大呼小叫，無言的盯著鬼燈醫生看。醫生說得對，這場夢太清晰了，所以這不是夢，這是真的。在我眼前的確實是那個愛

12月

裝模作樣，我行我素，老是說一些奇怪的話，如假包換的鬼燈京十郎醫生。

我小聲的問：「可是……既然我不是在做夢，你又是怎麼進到我房間的呢？你不可能光明正大的從玄關走進來吧？」

鬼燈醫生面露微笑，挺起胸膛的回答：「那還不簡單？我請座敷童子幫我開一條路，就這樣走進來啦！」

我曾經見過座敷童子，接著我脫口問：「座敷童子？就是那個一看到亮晶晶的東西就想要的座敷童子？」

座敷童子最喜歡亮晶晶的東西，上次見到他，差點被他拿走媽媽送我的手錶。

鬼燈醫生點點頭說：「對，對，就是他。一般來說，連結妖怪世界與人類世界的出入口都是在固定的地方。但座敷童子可以用他的掃帚掃出一條路來——簡單來說，就是從妖怪世界開出一條通往人類世界的路。我就是這樣到你的房間裡。」

我一聽大驚失色：「什麼？你說什麼？等一下，你的意思是我的房間有一條路可以通往妖怪世界？」

「不用擔心，不會有事的。」鬼燈醫生一如往常的向我保證。

可是，每次鬼燈醫生說「不用擔心」，結果都很令人擔心，根本就是騙人的。

鬼燈醫生接著說：「座敷童子開的路不會一直存在，只要一段時間沒人經過就會堵起來，沒多久就會消失得乾乾淨淨，你可以放心。」

聽到鬼燈醫生說「只要一段時間沒人經過」，真的讓我很擔心。但我還來不及繼續問下去，鬼燈醫生就自顧自的從椅子上站起來，對我說：

「好了，事情就是這樣。趁著路還沒被堵起來，我們趕緊到妖怪世界去吧！那裡有許多事等著我們去處理，要是放著不管，後果將不堪設想。」

鬼燈醫生的話讓我氣得大罵：「等等，話都是你在說，我從剛才到現在沒有表達任何意見，也沒說要去妖怪世界，更沒說要幫你！再說，每次跟你在一起就沒好事發生。

「你還記得你對我做的事嗎？上次你讓我被垢嘗舔了兩口，我還差點被食影蟲的幼蟲附身。還有，你還讓我當誘餌引鬼出來，不要告訴我你都忘了！

「你這次還打算把我捲進什麼莫名其妙的事情裡？總之，我絕對不會跟你走，也絕對不會幫你完成工作，我才不是鬼燈醫生你的助手呢！」

沒想到鬼燈醫生竟一臉嚴肅的看著我說：「恭平……同學，你是不是誤會了？我讓你身陷危險？我讓你幫我完成我的工作？

你在說什麼笑話！」

下一秒，鬼燈醫生像是在演話劇般做出誇張的手勢，態度堅定的說：「你到底搞不搞得清楚？這並不是我的工作！其實我大可以回去妖怪世界，待在我的醫院看妖怪病人，根本不用管人類世界的事情。唉！我就是因為看不下去你們這麼煩惱，才好心伸手想要救你們啊！沒想到你竟然這麼說我，真讓我痛心！」

「你說你看不下去我們這麼煩惱？」我像是被打了一記重拳，直盯著鬼燈醫生看。這一瞬間，我似乎看見鬼燈醫生捲翹的鬍子抖了一下，眉毛下的雙眼閃著精光。

鬼燈醫生將上半身往前傾，湊在我的耳邊低聲的說：「難道你想要繼續做惡夢下去？一輩子過這種日子也沒關係？」

我嚇得倒抽一口氣。鬼燈醫生看到我的反應，再次露出微笑。

他說：「我知道不是只有你做惡夢。老實告訴你，有人在這裡散播惡夢，就是因為這樣，整個鎮的居民晚上睡覺時才會被惡夢纏身。這個地方早就籠罩在一片黑色惡夢的陰影之中，再這樣下去，將導致無法挽回的悲劇啊！」

我吞了一口口水，忍不住問：「……再這樣下去會怎樣？」

鬼燈醫生立刻回答：

「會出現睡眠不足、焦慮不安、頭痛、暈眩等種種後遺症，我想你應該已經受到惡夢影響，開始出現一些不良反應了吧？惡夢會讓人晚上睡不好，甚至影響白天的生活，造成嚴重傷害。長期下去，所有人的生活都會變得一團亂，整個城鎮失去秩序，無法正常運作。不僅如此，惡夢還會導致不幸。從此之後，好運遠離、幸福不再，只有源源不絕的惡運向你們襲來。

「恭平，你打算怎麼做？你想住在全世界最不幸的小鎮，做一個惡運纏身的人嗎？」

誰想住在全世界最不幸的小鎮，做一個惡運纏身的人？我當然不要！鬼燈醫生的話打動了我，我態度堅決的、慢慢的搖搖頭。

「我也這麼想。」鬼燈醫生的臉上露出滿意的笑容。他再次湊近我的耳邊，以溫和的語氣小聲的說：

「那麼，我們出發吧，恭平同學。我們一起去找出惡夢的源頭，解決鎮上的危機吧！」

3 座敷童子開的路

當醫生說「我們出發吧」，我還以為我們要從玄關出去。沒想到醫生要我去拿鞋子，再回到房間裡。

於是，我到玄關拿了鞋子，再回到自己房間，發現房間裡的衣櫥門都被打開了。

仔細一看才發現，衣櫥門後竟然有一個我從未見過的陌生世界。原本掛在衣櫥裡的衣服全都消失不見，好像從未存在過似的。在我眼前的是一條隱身在茂密森林裡，四周長滿雜草的筆直道路。

我問：「這就是座敷童子開的路嗎？」

鬼燈醫生沒有回答我，自顧自的往前走。我趕緊穿上鞋子，跟著醫生走上那條路。

走到一半我回頭看，看見剛剛穿過的衣櫥門矗立在綠色森林的另一頭，隨著我愈走愈遠，衣櫥門變得愈來愈小。

我突然感到害怕，忍不住問：「這裡是哪裡？是妖怪世界嗎？」

走在我前面的鬼燈醫生頭也不回的說：「接下來我們要進入『藥種森林』，去採集蛞蝓菇的孢子。」

「妖……妖種森林？」

「不是妖種，是藥種，『藥物』的『藥』。這座森林是妖怪醫學不可或缺的寶庫，裡面有各式各樣的藥草。」

我問：「蛞蝓菇是什麼？為什麼要去採集蛞蝓菇的孢子呢？」

「你真的很多問題耶！」鬼燈醫生一臉不耐煩的說：「將蛞蝓菇的金色孢子灑在黑暗的地上，就會浮現經過該處的妖怪腳印。就像蛞蝓會在走過的路留下黏液印記一樣，凡是妖怪走過的路都會留下黑色印記。

「換句話說，只要灑下蛞蝓菇的孢子就能找到蛛絲馬跡，或許能幫助我們找出在小鎮裡散播惡夢的凶手。」

「蛛絲馬跡？這麼說來，你根本不知道凶手是誰？」我驚訝的問。鬼燈醫生是妖怪專家，這個世界上竟然有連他都不知道的妖怪，真令人感到意外。

鬼燈醫生用力的點點頭。「沒錯，我現在還不清楚究竟是誰在你住的小鎮散播惡夢。之前有好幾次，我半夜到你家附近埋伏，結果不但沒抓到兇手，就連對方的身影也沒看見。就算點了妖怪眼藥水，拚命瞪大雙眼也找不到，這傢伙確實不簡單。」

聽到鬼燈醫生這麼說，我忍不住背脊發涼，怯生生的說：

「既……既然沒找到，就代表凶手不一定是妖怪。說不定只是剛好湊巧，所有人才會同時做惡夢，也說不定是我們染上了只做惡夢的怪病……」

鬼燈醫生停下腳步，將手伸進口袋，拿出一樣東西給我看。

我低聲的說：「這……這是占卜鈴……」

我以前見過這樣東西。之前曾有妖怪潛入我就讀的學校，鬼燈醫生就是用它找出妖怪。占卜鈴的作用類似妖怪探測器，當能力較強的妖怪靠近，鈴聲就會自動響起。

「之前我在鎮上埋伏時，占卜鈴響了好幾

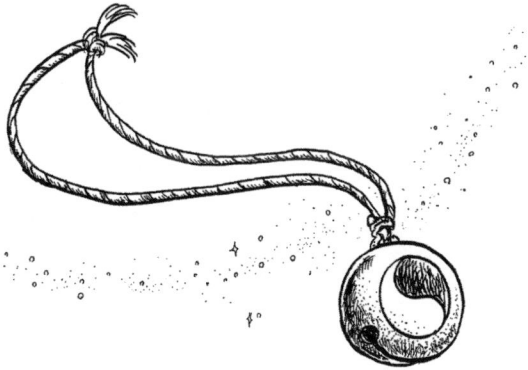

次。我可以確定每天晚上都有妖怪在街上活動，絕對不會錯。雖然我看不見他的蹤影，也聽不見他的聲音，但確實有個妖怪在小鎮裡散播惡夢。你看著好了，過不久我就能找出凶手。」鬼燈醫生的話一說完，他臉上再次露出笑容。

從我房間延伸出來的道路一直綿延至森林深處，往上看可以看到從兩旁往中間交錯的樹木枝幹，我和鬼燈醫生就像走在綠色廊道下。

鬼燈醫生說：「奇怪了，我明明記得這附近長著一大片蛞蝓菇啊……」

只見他盯著樹根附近察看，一邊慢慢往前走。我跟在鬼燈醫生後面，也學他四處察看樹木根部。

其實我根本不知道蛞蝓菇長什麼樣子，不過，我還是不放棄，繼續尋找。

不一會兒，鬼燈醫生興奮的大喊：「耶！你看！找到了！太棒了！這裡是蛞蝓菇林！」

我從鬼燈醫生的身後探出頭，看向一棵大樹的根部，不禁大叫出聲。

那棵樹的根部附近長著好幾十株白色菇類。不過，所有菇類的頭頂都長著跟蛞蝓一模一樣，類似觸角的眼睛，看起來有點噁心。不僅如此，現在明明沒有風，蛞蝓菇卻像被風吹動一樣左右搖晃，看起來就像在跳舞。

鬼燈醫生對我說：「好了！現在要取孢子。恭平，你去對他們搔癢。」

我瞪大眼睛問：「什麼？咦？搔癢？要我搔這些蛞蝓菇嗎？」

鬼燈醫生折了一枝長得像逗貓棒的草，動作俐落的塞進我

手中，命令我：「就用這個搔癢，每一株都要搔喔！你聽好，先從那株大的開始搔。那傢伙很怕癢，你一搔他，他就會抖出一大堆孢子。等他開始抖孢子，我就用這個玻璃瓶蓋住他，收集孢子。」

鬼燈醫生不曉得什麼時候拿出一個透明玻璃瓶，在一旁待命。

我既無法拒絕，也沒辦法逃離，只好硬著頭皮，戰戰兢兢的伸出手，將草的前端慢慢往體型最大的蛞蝓菇靠近。

就在草的前端碰觸到蛞蝓菇的那一刻，我輕輕搖晃了一下手中的草，開始搔癢。

沒想到我一開始動作，蛞蝓菇立刻東扭西擺了起來。

一開始還像跳慢舞般規律的左右搖擺，接著突然全身顫抖，扭曲著身體。就像人被搔癢時癢得受不了，激烈扭動的反應。

說時遲，那時快，鬼燈醫生大喊：「就是現在！」說完立刻用玻璃瓶蓋住蛞蝓菇。瓶子裡的蛞蝓菇開始從頭頂的嘴巴吐出大量的金色孢子。

順利採集到孢子的鬼燈醫生興奮的對我說：「太好了！這次採集得真順利。下一株！」於是我又開始進攻下一株。

沒多久，我和鬼燈醫生對生長在樹根下的整整二十二株蛞蝓菇搔了癢，採集到一大堆金色孢子。

4 昨夜的我在睡覺？

鬼燈醫生將裝滿金色孢子的玻璃瓶，慎重的收進口袋。

接著他對我說：「好了，我們走吧！」說完便開始往前走。

我趕緊問：「要去哪裡？」

可是鬼燈醫生沒有回答我，只說：「跟我走就知道了。」然後大步走進森林深處。

我沒有選擇，只好緊跟著醫生，一起走進深邃寧靜的森林裡。

我觀察後發現，這座森林的花草樹木跟人類世界很不一樣。

我看到一棵長著紫色和粉紅色葉子的大樹，靠近一看才發現那棵樹長得很像柳樹，身上長滿類似觸角的細枝，不斷擺動著。

不一會兒，我聽見頭上的樹梢傳來一陣嬉笑聲。抬頭一看，發現樹上的果實長著跟人一樣的眼睛、鼻子和嘴巴，結實纍纍的模樣十分嚇人。

過沒多久，我看見某樣東西堵在路的前方。剛開始我以為那是一塊方形木板擋在前面，走近之後才發現原來是一扇方形小門。

隨著我們愈走愈近，我終於看清楚那是什麼，不禁心頭一驚。

那扇門正是我房間裡的衣櫥門片，而且是門片的背後。簡單來說，就是當我待在衣櫥裡會看到的門片模樣。

衣櫥門片的背面是未經修飾的木板，上面還有我之前亂畫的機器人圖案。

我絕對不會看錯，那是我房間的衣櫥門片！

我站在門片前不解的說：「這是怎麼一回事？」

鬼燈醫生看著我說：「你聽好，我們現在要打開這扇門走出去。」

「從這扇門走出去——

這扇門的背後不就是我的房間嗎？」

「沒錯。」鬼燈醫生的回答更讓我一頭霧水。

我們剛剛明明是開了衣櫥門走進來，從頭到尾都走同一條路，而且沒有轉彎或回頭。

照理說，我們應該已經離我的房間很遠，為什麼最後還是回到我的房間入口？

我們到底是在什麼時候回到原點的？

鬼燈醫生繼續向我解釋：「不過，這扇門的背後不是我們剛剛待過的房間，而是昨天晚上的你的房間。」

「昨天晚上的房間？」醫生的說法讓我愈來愈搞不懂這是怎麼一回事。

醫生點點頭說：「沒錯。我之前也說過，妖怪世界與人類世界時間的流逝方式不同。我們剛剛從你今天的房間出來，進入妖怪世界，穿過藥種森林；現在則回到你昨天的房間前面……就是這麼一回事。既然是昨天的房間，我想你應該也猜得到，這扇門的後面還有另一個你。也就是昨天晚上正在床上呼呼大睡的你。」

「昨天晚上的我？我在床上睡覺嗎？」要不是醫生特別說，我還沒想到這件事。

鬼燈醫生不管我理不理解，繼續往下說：

「要是現在的你被昨天的你看見，事情就一發不可收拾了。我想你應該很清楚自己的個性，要是你看到另一個自己和我站在一起，一定會很驚訝，還會打破砂鍋問到底。我可沒有時間與精力從頭解釋，所以你絕對不能吵醒昨天的自己，知道嗎？」

雖然我還沒弄清楚這到底是怎麼一回事，但被醫生這麼一問，我下意識的點點頭。

鬼燈醫生滿意的笑了笑說：「很好。從現在開始你要保持安靜，一定要讓昨天晚上的你睡得很香，這樣才能做惡夢。」

竟然為了做惡夢讓我熟睡，真是過分！昨天晚上的我真是可憐，一想到自己又被犧牲，我不由得輕輕的嘆了一口氣。

鬼燈醫生將手放在門片上，輕輕推開衣櫥的門。

衣櫥門片開了一條細縫，門後的房間一片漆黑。我想探出身體察看房間裡面的情形，鬼燈醫生小聲對我說：「你在這裡等一下。」

我想醫生的意思是讓我待在門後，先別急著進房間。我看著醫生在門前蹲了下來，從口袋拿出玻璃瓶，打開蓋子。

我稍微挪動身體，好不容易找到適合的角度，越過醫生的肩膀察看門後的狀況。就在此時，我看見醫生將瓶子裡的蛞蝓菇孢子灑在黑暗中。

金色粉末閃閃發亮，散落在地上，在黑夜裡發出隱約的光芒。

那裡真的是我的房間。

我看到熟悉的書桌、熟悉的椅子，椅背還掛著熟悉的書包。地上還有隨手亂扔的單隻襪子與漫畫書。

不只如此，我還看見有人在熟悉的床上睡覺。隆起的被窩隨著呼吸的氣息上下起伏，幸好從我這裡看不見睡在被窩裡的人是誰。

我拍了拍胸口，慶幸自己看不見。如果真的看見另一個自己，一定會覺得很彆扭。

昨天晚上的我睡在漆黑無聲的房間裡。

不一會兒，原本平和的呼吸聲開始急促了起來，看樣子昨晚的我正在做惡夢。

就在這個時候，鬼燈醫生手中的占卜鈴開始「鈴鈴鈴」的響了起來。

鬼燈醫生小聲的說：「來了。」接著緊握住占卜鈴，收進口袋深處。不過，占卜鈴還是在鬼燈醫生的口袋裡發出微弱的聲響。

我從鬼燈醫生的身後探出身體，往房裡看，確認漆黑一片的房間門窗都是鎖著的。我一直擔心會不會有什麼東西偷偷開了門或窗，還好屋內沒有任何動靜。

沒想到就在這個時候，我看見了！

我看見閃著微亮金光的地上，出現一個黑色腳印。那個腳印就這樣毫無聲息的浮現。

明明沒有任何人進入我的房間，也沒看見任何可疑的身影，沒有動靜，沒有聲音。可是，地上卻開始出現一個又一個腳印！

腳印從窗戶下方開始出現，一步又一步的慢慢往床鋪靠近。

我忍不住在心中吶喊：「哇！我有危險了！我，快醒醒，快醒醒啊！」

腳印在床前停了下來。

很明顯，這是動物的腳印，是貓嗎……還是狗？不過，這個腳印不只比貓大，也遠比大型犬的腳印大。這個看不見身影的腳印主人究竟是什麼？

睡在床上的我悶哼了一聲，翻身繼續睡。翻身後剛好面對著我，讓我看清楚剛剛一直被棉被遮住的臉。

那真的是我。前一刻還睡得很香的我，突然間皺起眉頭，感覺一觸即發。可以確定的是，床上的我已經開始做惡夢了。

唉，我好可憐啊！完全不知道自己被不明妖怪纏身才會做惡夢，如今還在夢中被變成大象的老師追趕，只能瘋狂逃命。

此時我早已緊張到手心全是汗水，蹲在我前面的鬼燈醫生小聲的喃喃自語：

「……我知道凶手是誰了！我絕不會讓他全身而退。」

只見鬼燈醫生拿出一樣東西，從衣櫥門片的縫隙丟進房間。

那是一顆類似蠶繭的小球，被醫生丟進漆黑的屋裡後便隨即張開，形成一張會發亮的大型蜘蛛網。

我驚訝的喃喃自語：「那是……蜘蛛網……」

蜘蛛網是鬼燈醫生很自豪的抓怪工具。只要將這個看似蠶繭的小球往空中拋，蜘蛛網就會瞬間打開，罩住妖怪後收網，絕不失誤。

我的床邊出現一個個腳印，蜘蛛網就在那些腳印的上方張開，接著像是抓住什麼東西後收網，恢復原本的小球，掉落在地面。

鬼燈醫生從衣櫥門縫伸出一隻腳進房間，上半身往前傾，悄悄的撿起地上的小球，接著將身體縮回衣櫥。就在這個時候，睡在床上的我突然大喊：

「救命啊！我快要被踩扁了！」

我和醫生嚇得不敢亂動，後來發現是怎麼一回事後，互看了一眼。原來是昨天晚上的我剛好夢到最驚險的場面，才會驚叫出聲。

鬼燈醫生安全的回到衣櫥裡面後，輕輕關上衣櫥門，吐了一口氣，盯著手中的小球看。

那張大型蜘蛛網真的抓到了散播惡夢的凶手嗎？凶手到底是誰？我好想知道喔！

5 凶手就是他？

我再也忍不住滿腹的疑問，立刻開口問：「你抓到了什麼？」

鬼燈醫生將目光從手中的小球上移開，看著我說：「現在就給你看。」

說完他便轉頭環顧森林，看似在找什麼東西的樣子。我也跟著醫生的眼光四處察看。

不一會兒，鬼燈醫生說：「有了，找到了！」他從草叢折下一枝長長的雜草。

那枝雜草長得很像每年秋天，會在我家附近的草地看到的長鬃蓼。不過，長鬃蓼的前端長滿一顆顆紅色小花，這枝雜草的前端則是紅色與白色的花交互生長著。

鬼燈醫生解釋：「這個叫狐狸金線草，我也折一枝給你。」說完便從草叢折了一枝同樣的草給我。

「看好囉！將這枝草的前端像這樣往內彎，做成一個環。」鬼燈醫生一邊說著，一邊示範給我看。我將狐狸金線草的前端做成一個跟五百日圓硬幣一樣大的草環。

接著醫生將草環放在自己的左眼上，瞇起右眼，對我說：

「你也像我這樣把環放在眼睛上瞇著看。我現在要打開蜘蛛網，把抓到的妖怪放出來。」

鬼燈醫生一手拿著環放在左眼上，另一手拿著小球。我急忙將草環放在右眼上。

「看好了！」鬼燈醫生立刻將小球往空中拋。

小球就在我們眼前閃著微光

張開，形成一張漂亮的大型蜘蛛網。

「哇！」某個物體從張開的網跳出來，我忍不住大叫出聲。

只見一隻又矮又胖、全身都是毛，還有一根長鼻子的動物，砰的一聲跳到森林的草地上。

「哇！這……到底是什麼啊？」我嘴裡唸唸有詞，下意識的往後退了一步，順勢把草環拿下來。

就在這一刻，不可思議的事情發生了！從蜘蛛網中跳出來的奇異動物竟然不見了！剛剛明明就在那裡，怎麼會不見了呢？

「咦？這是怎麼一回事？」

鬼燈醫生看我亂了手腳，不耐煩的說：「我剛剛不是說過了嗎？要透過狐狸金線草做成的草環看才行，光用肉眼看是看不到的。」

於是我立刻再做一個草環，放在眼睛上。沒想到真的看到了！地上又出現那隻又矮又胖、全身毛茸茸的長鼻子動物了。

那隻動物用長鼻子的前端聞著附

近的味道，在我們眼前走來走去。看來他被帶到陌生的地方，感覺有些慌張。

我忍不住問：「這傢伙……到底是什麼啊？應該……不是大象，對吧？看起來也不像……食蟻獸……」

他全身都是毛，不可能是大象；他還有獠牙，也不可能是食蟻獸。他真的長得太奇特了。

鬼燈醫生沉穩的回答：「那是貘。」

「貘？」我歪著頭回想，覺得自己好像有看過這個名稱。之前翻閱動物圖鑑時，應該看過這種動物的介紹。可是，這隻貘好像長得不太一樣？

鬼燈醫生向我解釋：「雖說是貘，但他跟動物園裡的貘不一樣。他是專門吃夢的幻獸，把他視為妖怪也可以。嚴格來說，妖怪類分成妖怪目、幻獸目和幽靈目。這傢伙有大象的鼻子、犀牛的眼睛、牛的尾巴、老虎的腳和熊的身體，是一隻名為貘的妖怪。」

「喔，原來如此。」我點點頭。

原來是這個緣故，他才會長得四不像，外型如此獨特。

就在此時，那隻貘朝我們走過來，我立刻躲到鬼燈醫生後面。

「不要怕，貘其實是很溫馴的妖怪。」鬼燈醫生一邊說著，一邊伸出手摸摸貘的頭。

只見那隻貘瞇起他那雙長得像犀牛的眼睛，像貓咪一樣發出咕嚕咕嚕的聲音，開心的左右搖擺像牛一樣的尾巴。果然如醫生所說，感覺很溫馴。

我問：「為什麼要透過狐狸金線草做成的草環才看得到貘呢？」

鬼燈醫生回答：「妖怪界中有許多跟貘一樣，以正常方式看不見的妖怪。若從昆蟲和動物的角度來解釋，這項特色可以說是他們的保護色。貘的個性很溫和，動作很緩慢，又不像其他妖怪具備特殊能力。他們不會飛，也無法變身，而且力量又不大。

「為了保護自己，他們發展出超強的隱形能力。有了隱形能力，他們就可以在半夜潛入人類的房間，靜悄悄的走到沉睡的人類身邊，偷偷的吃掉他們的夢。貘走路時不會發出聲音，別人也看不見他們，感受不到他們的存在，很適合在黑暗中自由行動。別說是我的肉眼，就算點了妖怪眼藥水，也看不到貘的身影。

「不過，只要知道他們是誰，就沒有我抓不到的妖怪。像貘這類動物系妖怪，就要用狐狸金線草對付他們。狐狸金線草環具有使動物系妖怪現身的能力。」

為了驗證鬼燈醫生說的話，我不斷重複移開草環，再放回眼前的動作。

我問：「這個草環只能看到動物系妖怪嗎？」

「如果是會隱形的昆蟲系妖怪，必須用其他的方法讓他們現身。將除蟲菊的葉子磨成粉燃燒，產生的煙只要接觸到昆蟲系妖怪，就能使他們現出原形。」

醫生說得沒錯，只有將草環放在眼前，我才看得見貘。

貘好像已經熟悉這座陌生的森林，開始悠閒的踩著地上雜草，在樹林間遊蕩。

看來如此和善溫馴的妖怪，為什麼會在鎮上散播惡夢呢？我確實聽過貘會吃夢的故事，但從沒聽過貘會散播惡夢啊。

我忍不住自言自語的說：「可是……他真的是凶手嗎？」

鬼燈醫生聽我這麼一說，雙手抱胸，一臉嚴肅的思考了起來。

「你的顧慮不是沒有原因，貘不是散播惡夢的妖怪，而是吃掉惡夢的妖怪。不過，由於某個原因產生基因突變，出現大量的突變貘，這也不是不可能發生的事情。」

我驚訝的問：「你是說基因突變嗎？」我從來沒聽過妖怪也會基因突變。

鬼燈醫生瞄了我一眼，接著說：

「從很久以前就發生過同樣的情形，只要世界上任何地方的文明發展到極致，城市繁榮到無法再繁榮的地步，之後一定會出現大量的突變貘。

「突變貘與正常貘不同，突變貘不吃惡夢，只吃好夢。而且他在吃好夢的時候，還會將惡夢的種子撒在人類的腦袋裡。」

我問：「為什麼要這麼做呢？」

鬼燈醫生繼續說：「雖然沒有具體證據，但據說跟食物有關。當文明發展到極致，人類過著繁華富裕的生活，做惡夢的人就會迅速減少。

「任何人只要過著幸福的生活，就會做幸福的夢，在這種情形下，貘的食物——也就是惡夢——自然就會缺乏。在迫不得已之下，貘只好開始吃好夢。長久下來，便演化出喜歡吃好夢勝過惡夢的貘了。這些貘會忽略惡夢，只吃好夢。

「這個現象導致原本只吃惡夢的貘開始偏食，只吃好夢會使貘的體內累積某種毒素，這個毒素會轉換成惡夢的種子。

「目前我們還不知道為什麼貘只吃好夢會產生毒素，不過，不妨想想人類的例子。原本以蔬菜和魚類為主食的人，因為好吃而改吃牛排或蛋糕等油膩食物與甜食，就會在體內累積多餘脂肪，最後引

2
1
3

發疾病。這兩者是同樣的道理。」

我喃喃的說：「原來只吃好夢就會變成一隻罹患代謝症候群的貘啊！」

「據說正常貘之中，原本就有千分之一的比例是只吃好夢的貘。只要這樣的貘大量出現，就會發生問題。

「我估計二十年前的日本，也就是泡沫經濟時代，一定也曾大量出現只吃好夢的貘。照目前情況來看，這些貘現在都聚集在你住的小鎮了。唯有引出這些突變貘，把他們全部抓起來，才能讓鎮上所有的居民恢復正常生活，安然入眠。」鬼燈醫生說完之後，靜靜的看著我。

我問：「可是……要怎麼引誘他們出來呢？」

鬼燈醫生挺起胸膛，自信滿滿的說：「別擔心，這件事包在我身上！」

鬼燈醫生拋出小球，打開蜘蛛網，將在森林中閒晃的貘收入網中，再將蜘蛛網縮成的小球放進口袋裡。

6 夢之樹的果實

鬼燈醫生再次邁開步伐，走入森林，我急忙跟在他身後。我一邊走一邊將心中的疑問全部說出來。

「那些只吃好夢的貘，被抓到後會變成怎樣？他們還能恢復成原本的樣子嗎？」

鬼燈醫生回答：「當然可以恢復，這很簡單，只要一段時間不給他們吃好夢就行了。簡單來說，就是斷食。」

我又問：「白天的時候，貘都待在哪裡呢？」

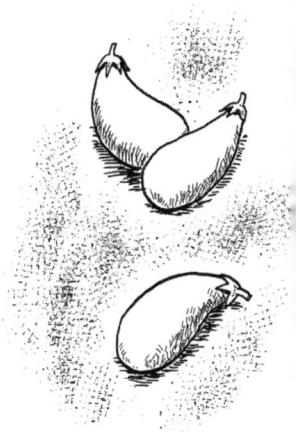

「他們會躲在家裡陰暗的地方，像是壁櫥或架高的走廊下方；此外，他們也會躲在天花板的夾層裡。貘不會築巢，也不會群聚。以天性而言，貘不會待在同一個地方，他們為了吃夢，會在各個城鎮裡不斷遷徙。

「由此看來，這次真的很反常。你的鎮上出現一大群突變貘，還定居在此處。群聚的突變貘不喜歡遷徙，通常會待在固定的地方。正因如此，鎮上所有居民才會連續好幾週做惡夢。」

「為什麼這些突變貘會群聚在我住的地方呢？這附近還有許多城鎮啊！」

我的話才剛說完，鬼燈醫生就在一棵大樹下停下來。他抬頭看向樹梢，一邊對我說：「你看看這個。」

我順著醫生的目光往上看，看到樹枝長滿茂密厚實的葉片，從葉片之間可以看到一顆顆小指頭大小、茄子形狀的黃色果實。

鬼燈醫生說：「這是夢之樹。」說完便摘下一顆果實，拿給我看。「你聞聞這個味道。」

我小心翼翼的湊近醫生手中的果實，用力聞了一下。

我聞到一股很甜、很甜的味道。

鬼燈醫生說：「這棵樹的名字叫夢之樹，據說當初取這個名字

就是因為這種樹的果實發出的味道和好夢很像。」

「好夢的味道？」我一頭霧水的看著鬼燈醫生。

鬼燈醫生看我不明所以的模樣，解釋給我聽：「你可能不知道，其實夢是有味道的。夢的味道很淡，人類的鼻子聞不出來，不過，貘可以靠他那又長又大的鼻子，聞到夢的味道。」

「恭平，你有沒有聞過這個味道？應該是說，與這顆果實很相近的味道……」

「很相近的味道？」我歪著頭努力回想。再次將鼻子湊近醫生的手，深吸一口氣——咦？我想起來了，我好像聞過這個味道……

每到秋天，只要颳起大風，整個鎮上就會瀰漫著一股很甜、很甜的味道。對，就是這個味道！

我大叫出聲：「是丹桂樹的味道！」

「沒錯！」鬼燈醫生滿意的點點頭。「夢之樹的果實與人類世界丹桂樹結的花，味道十分接近。

「你住的鎮上到處都有丹桂樹，所以每年秋天，整個鎮上都聞得到丹桂樹的花香味。

「我猜想這群貘恰好在丹桂樹開花的時期經過你住的小鎮附近，聞到花香，以為那是好夢的味道，於是陸陸續續走進來。等到花謝之後便群聚在一起，就這樣定居在這裡。」

鬼燈醫生接著又繼續說：

「對了，聽說惡夢的味道很像銀杏樹。自古流傳一種說法，在村子的十字路口種銀杏樹，可避免惡運。這是因為銀杏樹的味道會吸引貘，貘會將村子裡的人做的惡夢全部吃光光，如此一來，村民們自然就能趨吉避凶。換句話說，當人睡得安穩就有活力，有了活力就能獲得幸福……就是這個道理。」

鬼燈醫生將剛剛摘的夢之樹果實收進口袋，對我說：「好了，恭平，我們來摘夢之樹的果實吧！丹桂樹的花雖然都謝了，但夢之樹的果實味道十分強烈。我們要利用這個味道吸引群聚在鎮上的突變貘，把他們全部抓起來！」

我問：「要怎麼抓他們呢？」

假設現在真的有一群突變貘定居在我住的鎮上，我們真的能一隻不漏的抓住所有突變貘嗎？

身穿白袍的鬼燈醫生自信滿滿的拍了拍胸膛，對我說：

「包在我身上。我今天帶了特大號蜘蛛網來，只要有這個寶貝，無論是二十或三十隻都能一網打盡。」

鬼燈醫生與我一起摘下許多夢之樹的果實，準備誘捕群聚在鎮上的突變貘。夢之樹的黃色果實長得很像茄子，摘下之後香味會愈來愈濃。

我和醫生身上的口袋都裝滿了夢之樹的果實，果實的強烈香味撲鼻而來，我都快窒息了。

「走吧！」鬼燈醫生話一說完便逕自往前走。

不知道這會兒醫生又要帶我去哪裡？

我今天通過兩扇門，一扇是通往昨天晚上我的房間的門，另一扇則是連接今天放學後我的房間的門。雖說是兩扇門，其實是同一扇門，我現在已經搞不清楚門究竟在哪裡？

我跟在鬼燈醫生的後面走，看見路的盡頭有一扇門。仔細一看，才發現那正是我房間裡熟悉的衣櫥門！

這一次，那扇門的背後是個什麼樣的世界？真令人期待。

鬼燈醫生站在門前，回頭對我說：

「這扇門的背後是你昨天晚上的房間，不過，我們剛剛去摘夢之樹果實的同時，這扇門背後的時間也跟著流逝。簡單來說，現在的時間比剛剛更晚。

「還有，我要再提醒你一次，門後面睡著另一個你，絕對不能吵醒他。我們要安靜無聲的潛進你的房間，再安靜無聲的從你的房間窗戶走到大街上。接著，我們要找一個合適的地方放果實，吸引突變貘過來。

「你身上還有狐狸金線草環嗎？好，很好，有帶就行了。要是沒了草環，就看不見突變貘的身影。千萬不要掉了，一定要好好保管。好了，我們走吧！」

鬼燈醫生轉身將手放在門上，我趕緊開口：「那個，鬼燈醫生……難道沒有別的出入口嗎？我們沒必要每次都從我房間裡的衣櫥進出吧？」

不過，鬼燈醫生似乎沒聽見我說的話，他一句話也沒說的推開衣櫥門。

門的另一邊是漆黑無光的房間，床上傳來一陣陣呼吸聲，那是昨天晚上的我傳出的聲音。

鬼燈醫生和我屏住呼吸，躡手躡腳的走進房間。

7 吃夢的妖怪群

昨天晚上的我正躺在床上，裹在被窩裡呼呼大睡。看來惡夢已經結束，現在的氣息十分安穩。為了避免吵醒睡夢中的我，鬼燈醫生和我輕輕打開房間的窗戶翻出去，悄無聲息的隱沒在戶外的黑夜之中。

外面的空氣又溼又冷，深夜的街道安靜得沒有一點聲音。佇立在街邊的路燈在空氣中折射出一個個藍白色光環。

鬼燈醫生和我一路無語的走到離我家最近、最大的公園，我們都希望盡快灑好果實，吸引突變貘過來。

我抬頭看了一下公園裡的時鐘，現在是半夜三點三十五分。我們必須在黎明之前完成工作，沒時間拖拖拉拉了。

鬼燈醫生指著公園裡滑梯下方的大沙堆說：「我們把果實灑在這裡吧！」我們將口袋裡的果實全部灑在沙堆上，爬上滑梯旁的攀爬架，等著突變貘現身。

灑在沙堆上的果實香味隨風飄散，就連在攀爬架上等待的我們也聞到陣陣強烈的香味。不知道那群突變貘是否也會聞到？

我和醫生坐在攀爬架上，將狐狸金線草環放在眼前，監視四周。

抬頭一看，夜空中繁星點點，白雲流經西方天空，遮住了些許白色上弦月。黎明前的小鎮格外安靜，冷冽的空氣溢滿四周，我們呼出的氣體形成白煙，飄散在黑夜裡。

我忍不住懷疑，這麼做真的能吸引突變貘過來嗎？

他們是否正往公園走過來？

我小聲的問：「如果我們順利抓到那群突變貘，你會如何處置他們？」

鬼燈醫生回答：「我會把他們關在妖怪世界一段時間，避免他們吃人類的好夢。我想只要斷食十天，他們就能恢復原狀，變成吃惡夢的正常貘。我要趁著這十天，好好研究貘這種妖怪……」

「研究？」我的話還沒說完，鬼燈醫生立刻「噓」了一聲，阻止我繼續說下去。

鬼燈醫生低聲的說：「不要出聲，你看，公園入口出現了第一隻貘！」

我趕緊將狐狸金線草環放在眼前。

我看到了，我看到貘了！鼻子長長的，長著一對獠牙，又矮又胖的貘從公園入口走了進來。

只見他擺動著長鼻子到處聞味道，毫不猶豫的朝沙堆走去。

突變貘似乎沒發現我和鬼燈醫生就坐在旁邊的攀爬架上，不，應該說他認為我們看不見他，所以即使發現我們在旁邊，他也覺得很安全。

那隻突變貘直接走向沙堆，完全不受身旁景物影響。他走到沙堆旁，立刻伸出長長的鼻子戳了戳沙堆上的夢之樹果實。

就在此時，第二隻貘出現了！接著又來了一隻！第三隻、第四隻緊接著出現在公園入口！

看來我們的策略奏效了。我們將夢之樹的果實灑在公園裡的沙堆上，突變貘受到果實味道吸引，陸陸續續走進公園。

出現在我們眼前的突變貘數量真的很龐大，應該有十隻、二十隻……不，應該更多！突變貘接連不斷、一隻接著一隻的走進公園！群聚的突變貘全都來到了沙堆旁！

現在整座公園都是突變貘，放眼望去，到處都有貘的身影。以「公園塞滿突變貘」來形容，一點也不為過。可說是「貘」滿為患。

雖說他們是受到夢的味道吸引才來，但來到公園後，發現沒有夢可以吃，突變貘們不禁感到疑惑。他們用鼻子戳了戳味道的來源，也就是夢之樹的果實，還用前腳滾動果實，在原地晃來晃去。

鬼燈醫生很小聲的說了一句：「糟了……」偏偏這句話落入我

的耳裡。

我還記得剛剛醫生說他帶了一張特大號蜘蛛網，可以輕輕鬆鬆捕獲二、三十隻突變貘，可是出現在我們眼前的數量可不只二、三十隻啊！

我吞了一口口水，鼓起勇氣問鬼燈醫生：

「這數量……看起來應該有一百隻吧？你打算怎麼辦？你有辦法抓到所有突變貘嗎？」

鬼燈醫生回答：「沒辦法……我沒想到這群貘數量如此龐大……我第一次見到這麼多突變貘……我還以為十隻就夠多了，最多不會超過二十隻……」

我繼續追問：「如果沒辦法全部抓起來，你有其他的打算嗎？」

鬼燈醫生拿下眼前的狐狸金線草環，嚴肅的看著我。「先把能抓的抓起來，剩下的只能放棄……」

「你說什麼？放棄？」我驚訝的看著醫生。「是你說不能放著突變貘不管，不然後果不堪設想的！可是現在你卻說要放棄，你到底在想什麼？你要想想辦法啊！不能不管這些突變貘。再這樣下去，我住的地方就要被突變貘占領了！」

眼見我的情緒過於激動，鬼燈醫生輕拍我的肩膀，對我說：

「我已經做了所有我能做的事，沒有更好的方法了。在該放棄的時候放棄，也是很重要的事情。就算我再神通廣大，面對那麼一大群突變貘也是無可奈何的。

「只要抓到二、三十隻突變貘就足夠我做實驗，剩下的就不管了，他們總有一天會想去別的地方。在這段時間裡，只要有一個人不再做好夢，他們就沒有東西吃。肚子餓了，自然就會到別的地方覓食。」

我實在聽不下去鬼燈醫生說的話，在一旁靜默無語。只見鬼燈醫生好整以暇的從口袋裡拿出特大號蜘蛛網縮成的小球，接著將狐狸金線草環放在眼前，鎖定目標。

「這下我該抓哪一區的突變貘才好？好，決定就是那邊了！」鬼燈醫生對著大沙堆拋出小球。

小球在漆黑夜空中爆開，形成一張很大很大的蜘蛛網。總共有好幾十隻突變貘被蜘蛛網纏住，被收進網裡面。

特大號蜘蛛網包住突變貘後，就像什麼事也沒發生過似的變回原本的小球，掉在沙堆上。

個性溫吞和善的突變貘絲毫沒有感覺自己的同伴被抓走，反而對這顆從天上掉下來的小球很感興趣，紛紛伸長鼻子戳來戳去。

鬼燈醫生見狀立刻爬下攀爬架，慌張的大叫：「喂！你們在做什麼！不要碰那顆球！啊！走開、走開！不要舔！那不是吃的！」

為了收回那顆小球，鬼燈醫生奮不顧身的跑進沙堆裡，就在此時，神奇的事情發生了。

突變貘開始用自己的身體磨蹭鬼燈醫生。不知道為什麼，那些突變貘看起來很開心的樣子，像是在向鬼燈醫生撒嬌似的磨蹭他的身體，伸出長鼻子輕輕嗅聞醫生身上的味道。感覺上那些突變貘很喜歡鬼燈醫生。

「喂！走開！走開！」鬼燈醫生費了九牛二虎之力才撿起小球，

不斷揮動雙手，用力推開往他身上磨蹭的突變貘。

只見鬼燈醫生大喊：「喂！到那邊去！你們幹麼一直湊過來啊？」

可是鬼燈醫生愈是用力推開他們，他們愈是往鬼燈醫生身上湊，這下子所有突變貘都擠到沙堆裡了。

「這究竟是怎麼一回事？」鬼燈醫生淹沒在突變貘群之中，氣呼呼的喃喃自語：「可能是我身上沾到夢之樹果實的味道，他們才會一直往我身上靠。喂，你們這些突變貘，在那裡啦！你們想要的夢之樹果實在那裡！我這裡沒有果實可以給你們！不要來我這裡！走開、走開！快走開啦！」

我坐在攀爬架上，看著鬼燈醫生手足無措的模樣，感覺真的很好笑，但我不好意思笑出來，拚命忍住笑意。

若把狐狸金線草環從眼前拿開，突變貘的身影就會消失。此時只看見鬼燈醫生一個人在沙堆裡揮手踏腳，看起來像是一個人在跳舞，這畫面真是太有趣了！

以前只要和鬼燈醫生一起辦事，到最後吃苦頭的總是我，但這

次風水輪流轉，終於輪到他嘗嘗這個滋味了。

鬼燈醫生大喊：「喂，恭平！你快想想辦法啊！趕快把這些突變貘趕走！」

我不慌不忙的回答：「沒辦法呦！這麼一大群突變貘，我怎麼可能有辦法趕走？」

「什麼叫沒辦法……不要說得那麼輕鬆。哇！我受不了了，這些傢伙在舔我的身體。他們好像很喜歡我，到底是喜歡我哪裡？不要一直跟著我！走開、走開！快走開啦！到那邊去！」

無論鬼燈醫生如何驅趕，那些突變貘就是不走。看來鬼燈醫生的身上有一種特殊的氣質，天生就是會受到貘的喜愛。說到這裡，我記得稍早在我房裡抓到的那隻貘，也是一臉幸福的讓鬼燈醫生摸他的頭，還開心的搖著尾巴。

那些突變貘磨蹭鬼燈醫生的原因，並非醫生的口袋沾滿夢之樹果實的味道。他們純粹就是喜歡鬼燈醫生。

我終於忍不住，在攀爬架上笑了出來。

被突變貘團團圍住的鬼燈醫生哀怨的抬起頭看著我。

我對著醫生大喊：「醫生！既然他們這麼喜歡你，你乾脆將這一大群突變貘通通帶回妖怪世界吧！這樣不是正好如你所願嗎？有這麼多突變貘跟你回家，你可以放心好好研究了！」

最後，鬼燈醫生把這些定居在鎮上的突變貘，一隻不剩的帶回妖怪世界。

天空露出魚肚白，身穿白袍的醫生朝鎮裡走去，後面跟著好幾十隻突變貘。這個景象只有透過狐狸金線草環我才能看到，真的是太有趣了，我看得好開心啊！

突變貘安靜無聲的走在柏油路上，整齊劃一的排成兩列隊伍，就連邁出的步伐也完全一致。

每隻貘都帶著開心的笑容，規律的上下擺動著長鼻子，跟著鬼

燈醫生往前走。鬼燈醫生在街角左轉，突變貘的隊伍也跟著左轉；醫生往右轉，隊伍也在同一個路口往右轉。

鬼燈醫生帶著這群突變貘來到我家，在我房間的窗前停了下來。

我走在隊伍的最後面，看到醫生停下來，便走到醫生旁邊。醫生拿起狐狸金線草環，確認後頭的突變貘隊伍是否全都跟上。

鬼燈醫生小聲的問我：「你確定他們都跟上了嗎？沒有任何一隻走失？」

我點頭說：「不用擔心，所有突變貘都緊跟著醫生走，沒有任何一隻遺漏。沒想到鬼燈醫生這麼受歡迎，真令人刮目相看……」

鬼燈醫生一臉不悅的看著我，「哼」了一聲，安靜的打開窗戶。接著跨過窗戶，進入房間，回頭看了我一眼，低聲的說：「走吧！」

突變貘看到醫生進入房間，也一隻隻的跟著從窗戶跳進去。

此時醫生已經走進衣櫥，突變貘也一隻跟著一隻從窗戶跳進我的房間，進入衣櫥。

我看著排成長長隊伍的突變貘走進衣櫥消失不見，內心忍不住想：「難道真的沒有其他出入口嗎？要是昨天晚上的我突然醒來，該怎麼辦才好？真拿他沒轍……每次都從我房間的衣櫥進出……」

還好睡在床上的我沒有醒來的跡象，突變貘們完全沒有發出聲音，也沒有做出任何動靜，悄無聲息的消失在衣櫥裡。

我拿下狐狸金線草環，以肉眼環顧我的房間，確實毫無動靜，

沒有任何異狀。此時天就要亮了，我的房間仍漆黑一片，安靜無聲。昨天晚上的我，不，應該說今天早上的我依舊安穩的睡著。

長長的突變貘隊伍魚貫的通過我的房間。

我透過狐狸金線草環看到這個場景，不禁覺得神奇，好像在做夢一樣。

我看著最後一隻突變貘跟在鬼燈醫生身後，消失在衣櫥裡，我便輕輕的關上自己房間的窗戶。

接著我也躡手躡腳的走進衣櫥，盡可能不發出聲音，避免吵醒在床上睡覺的自己。

關上衣櫥門之前，我回頭看了一眼自己的房間，在心裡朝睡夢中的自己說：

「這下子再也不會做惡夢了，從今天晚上開始，我又可以睡得安穩了……」

8 和妖怪做朋友？

我們從昨晚我的房間回到藥種森林後，現在森林裡到處都是突變貘。無論是左邊右邊，前面後面，放眼望去整座森林擠滿了突變貘。話雖如此，還是得透過狐狸金線草環才能看到這樣的景象。

這群突變貘從擁擠的小鎮突然被帶進深邃廣闊的森林，對於這裡感到新奇，紛紛用鼻子翻動草叢，或用背磨蹭粗壯的樹幹。

我問鬼燈醫生：「這群突變貘……要怎麼辦啊？」

被五隻突變貘圍住磨蹭，擠到快喘不過氣的鬼燈醫生說：

「你問我要怎麼辦，我才想問你呢！我家的庭院養不了這麼多隻，要是這麼多突變貘真的跟我住在一起，那才真的是惡夢！

「如果可以，我真想拿開狐狸金線草環，完全忘掉這些傢伙。可是，就算我想丟下他們，他們還是緊跟著我不放。這下可糟了……去哪兒找地方把他們關起來呢……」

鬼燈醫生說到一半，突然靈光一閃，挑著一邊的眉毛，看向天空。看來他已經想到解決的方法。

只見鬼燈醫生喜孜孜的喃喃自語：「……對，還有那裡！那裡一定擠得下這一大群突變貘！」說完便推開往他身上靠的突變貘，邁開步伐走出去。

那群突變貘似乎很通人性，發現鬼燈醫生往前走，立刻排成兩列，跟在醫生後面。

從現場狀況來看，突變貘們應該是將鬼燈醫生當成他們的老大，沒有任何一隻想脫隊或獨自行動，所有突變貘都乖乖跟著鬼燈醫生。

我走到率領隊伍往前走的鬼燈醫生旁，開口問：「醫生……你要去哪裡啊？」

鬼燈醫生回答：「我要去牧場。」

「牧場？」

鬼燈醫生不發一語的往藥種森林的深處走去，後頭跟著一大群溫馴的突變貘。

途中我們遇到長得像氣球的圓形妖怪，和像蛇一樣體型細長的妖怪，從樹木縫隙間飄過。除此之外，沒遇到其他妖怪。

森林裡光線昏暗，安靜無聲。

過了一會兒，我們走出森林，來到一處廣闊的草原前方。草原上的草差不多跟我一樣高，完全遮住地面。仔細一看，可以看到草原周邊以木柵欄圍起，看不見盡頭。

我站在鬼燈醫生身邊，開口問：「這裡就是醫生說的牧場嗎？」

鬼燈醫生點點頭說：「沒錯。這是我很久以前開闢的牧場，我曾在五年前治療過一隻角折斷的麒麟。別誤會，我說的麒麟可不是動物園裡常見的、脖子很長的長頸鹿，而是跟貘一樣同為幻獸的麒麟。

「麒麟很討厭狹窄的地方，我特地用柵欄在草原圈出一大塊地，做為飼養麒麟的牧場。

「沒想到角傷醫好後，麒麟咻一聲的跳過柵欄，往天空飛去，從此消失不見。

沒想到這座牧場現在又能派上用場，這裡最適合用來做突變貘的斷食道場。」

鬼燈醫生興奮的說完後，走向柵欄中間的木門，把門打開，讓所有突變貘進入牧場。

仔細一看，木門上掛著一塊招牌，上面畫著一隻麒麟，看起來很像是鬼燈醫生畫的，一點也不專業。

除此之外，還有斑駁的文字寫著「麒麟牧場」。

鬼燈醫生喃喃自語：「嗯，看來得重做一塊招牌了。」現在這個狀況，他最在意的竟然是招牌正不正確，真令人匪夷所思。

只見鬼燈醫生穿過木門，往牧場內走去，突變貘們也跟著他走了進去。

鬼燈醫生沿著柵欄，在草原裡慢慢的繞圈走，將所有突變貘帶進牧場。

等到最後一隻突變貘走進柵欄，鬼燈醫生立刻跳出柵欄，關上木門。

接著，醫生將手伸進口袋拿出小球，往柵欄裡拋，把之前抓到的突變貘全部釋放出來。

就算把這群突變貘丟在牧場裡，他們也不會慌亂，依舊悠閒自在的踩踩草，在柵欄裡散步。真是一群個性溫和又良善的傢伙啊！不敢相信這群可愛的妖怪竟然是在我住的小鎮上散播惡夢的兇手。

身穿白袍的鬼燈醫生雙手叉腰，挺起胸膛喃喃自語：「終於大功告成了！接下來就讓他們在這裡悠閒度日，暫時不給他們吃任何東西。不久之後，就會恢復原狀，變回吃惡夢的正常貘。等他們恢復正常後，再將他們放回人類世界吧！」

鬼燈醫生還興奮的對我說，他要趁著這群貘關在這裡斷食的期間，好好觀察與研究，他開心得笑到眼睛都瞇成一條線了。

後來醫生帶著我走進藥種森林的道路，回到我第一次踏進森林時，「今天放學後」我的房間裡的衣櫥門前，於是我就從那扇門回到人類世界。

突變貘都已離開我住的小鎮，當天晚上所有居民又能享受安穩的睡眠。

我已經好幾個星期沒睡好，之前不是被大象追，就是頭要被削鉛筆機削，現在終於可以好好睡一覺了。

要是事情就這麼落幕，真的是完美結局。可是，有一件事讓我很困擾。

那就是連接我的房間與妖怪世界的道路。

這條路是座敷童子用掃帚掃出來的，當時鬼燈醫生要我不用擔心，還說這條路會自動消失，但事實並非如此。

之前那一大群突變貘經過時，將那條路踩實了，使得這條路無法完全消失。

說得具體一點，我的房間與妖怪世界的通道現在處於有時暢通，有時中斷的狀態。

由於這個緣故，在突變貘事件解決好幾天後，鬼燈醫生還不時打開我房間裡的衣櫥門，向我打招呼，嚴重影響我的生活。

昨天發生的事情更讓我嚇一大跳。

昨天放學回家後，我打開房門，竟然看到座敷童子趴在我的床上看漫畫！

我嚇得大叫：「欸！你在這裡做什麼！」

沒想到座敷童子一臉沒事的樣子，笑著說：

「你有這本漫畫的後面三集嗎？這本真好看。」

我向鬼燈醫生抱怨，他竟然不理我，還跟我說：「你房間有一條路真的很方便，暫時就先維持現狀吧！」真是太自私了！

現在只有鬼燈醫生和座敷童子知道這條路，暫時還算安全；但如果哪天被壞心眼的妖怪或很難應付的

妖怪發現，跑到我的房間裡來作亂，後果就不堪設想了。一想到這一點，我的心情瞬間掉到谷底。

唉！只要跟鬼燈醫生沾上邊，果然就沒好事發生。

座敷童子很喜歡我的漫畫收藏，我看過不了幾天，那傢伙一定又會潛入我的房間。

我盯著衣櫥門，大大的嘆了一口氣。

不過……回頭一想：「和妖怪做朋友似乎也不錯。」

鬼燈京十郎的觀察日記　食夢貘篇

12月14日星期五

今天是觀察食夢貘的第十天。我將他們關在空蕩蕩的牧場裡，不給他們吃東西，實施斷食計畫，但他們還是一樣溫馴。不知道他們是因為沒有飢餓的感覺，還是挨餓也無所謂？總之，他們絲毫沒有展現出焦慮、暴躁的情緒。真的是個性很好的妖怪呢！

這次當我發現在人類世界裡散播惡夢的凶手就是食夢貘時，內心不禁歡呼了起來。妖怪界對於食夢貘的生態毫無所悉。他們明明是妖怪，卻不住在妖怪世界，反而躲在人類世界的陰暗角落。不讓人類發現，也不發出任何動靜，專吃人類的惡夢維生。

原本想趁著這次機會抓幾隻食夢貘，好好研究他們的生態。無奈事與願違，這些食夢貘每天都在牧場圍欄裡無所事事，悠閒的走來走去。偏偏當我靠近的時候，他們就會一擁而上，好像很想我似的，靠在我身上磨蹭，我完全控制不住。

我只想觀察食夢貘，不想跟他們深交，更不想跟食夢貘玩推擠遊戲！

我想研究吃好夢的食夢貘如何製造惡夢的種子，要是能解開形成惡夢種子的祕密，說不定我就能根據這個理論製作出好夢的種子。如果一切順利，我就能販賣好夢種子賺大錢——我原本是這麼計畫的，但這個計畫到頭來終究是夢一場。

斷食結束後，食夢貘體內的毒素應該也完全排出了。相信他們不會專吃人類的好夢，製造惡夢種子了。明天就將他們放回人類世界吧！幸好連接恭平房間的衣櫥與妖怪世界的道路還保持暢通，就利用那條路，讓食夢貘回到人類世界吧！

讀書會之妖怪小學堂

尋找惡夢終結者

呼～你是不是也有過做惡夢的經驗呢？
做惡夢的時候，是不是覺得很害怕、很不舒服呢？
告訴你一個好方法：把你的惡夢交給食夢貘，
他們會幫你把惡夢吃光光！
在不同的國度裡，也有其他和夢有關的傳說哦。

希臘神話裡的夢神三兄弟

在西方的希臘神話故事裡沒有吃夢的妖怪，卻有掌管夢境的夢神三兄弟。

據說睡神許普諾斯（Hypnos）生了三個兒子，分別是摩耳甫斯（Morpheus）、佛貝托爾（Phobetor）和芳塔索斯（Phantasos），他們都和父親一起管理夢境之國。其中摩耳甫斯會收集人類的夢，也會幻化成人或神的模樣，把神的訊息傳達到國王或英雄的夢境裡，為他們展現預言。而摩耳甫斯的弟弟佛貝托爾和芳塔索斯則是具有幻化成動物、植物等自然生物的力量。有時候他們幻化出來的樣子太真實了，反而變成很嚇人的夢境呢。

吃夢的妖怪：食夢貘

食夢貘簡稱「夢貘」，是日本傳說裡的一種神奇生物。據說他們以惡夢為食物，會把人的惡夢吃掉，讓人忘記不愉快的夢境，留下好夢。

貘這種生物的長相很奇特，他們的身體像熊；鼻子像大象；眼睛像犀牛；四肢像老虎；尾巴像牛。在唐朝的時候，中國人相信貘有驅邪的力量，有人把貘的模樣畫在屏風上，頭痛的毛病很快就治好了。而貘的傳說傳到日本以後，更發展出「吃夢」的本事；日本人會在正月初一之前把有貘圖樣的寶船圖畫放在枕頭底下，這樣貘就會幫你把惡夢吃掉，讓你在新年第一天就做好夢。

日本作家小泉八雲就曾經寫過一篇名叫〈食夢貘〉的故事，夢見他死了卻被自己的屍體糾纏，而他用斧頭砍倒了屍體。從夢中醒來之後，他的身邊出現一隻食夢貘。他請求貘吃掉他的惡夢，可是貘卻說他做的是一個好夢，因為他砍去自己內在的魔性。而後，食夢貘就消失在黑暗之中。

能替人把可怕惡夢吃掉的妖怪，是不是也有一點可愛、討人喜歡呢？

一起來孵個好夢吧

其實，我們每天晚上做的夢也會是很好的老師哦，不管是好夢或壞夢，都可能為你帶來某些重要的啟示。專門研究夢的學者，還做了一種名叫「孵夢」的實驗，幫助人從夢境中獲得靈感。

孵夢的步驟很簡單，只需要在睡前徹底放鬆，然後想著自己想要知道的問題和期盼的想法入睡，一醒過來立刻把夢的內容記錄下來，就可以試著從夢裡的訊息去思考自己想要了解的答案。聽說德國化學家佛里德里希・奧古斯特・凱庫勒，就是在睡夢中看到銜尾蛇，後來就發現由六個碳原子構成苯環的概念呢。

試試看吧，說不定你也可以因為做夢而更加了解自己，解決苦惱已久的問題哦。

幫你捕捉好夢、阻擋惡夢的捕夢網

捕夢網是北美洲奧吉布瓦人文化中的一種手工藝品，是用柳樹的枝條做出圓形的外框，然後沿著圓框穿線編織成中間有洞的繩網，也稱為夢罟（音ㄍㄨˇ）。製作者還會在圓框上以皮革垂掛羽毛，這樣一來，惡夢將會被困在網中，而好夢則會穿過繩網中央的圓洞，並且順著羽毛流下來。

困在捕夢網裡的惡夢，會在日出太陽的照耀下消失得無影無蹤。據說，一位印地安少女夢見蜘蛛教導她織網，還告訴她這麼做可以捕捉好夢，於是捕夢網的故事就這麼流傳下來。

因此，印地安的小孩若是做惡夢時，他們的父母就會在他的床頭掛上捕夢網，這樣就能抓住惡夢裡的魔鬼，只留下好夢的祝福。

「文王夢飛熊」：在《封神演義》裡寫到文王在靈台上設宴，宴後就在靈台上睡著了。睡夢中他看見一隻有翅膀的巨大白額猛虎向他飛撲而來，文王因此被嚇醒。天亮以後，文王詢問臣子這是什麼預兆，一位名叫散宜生的大夫回答：「商朝的君主武丁因飛熊入夢，後來就得到『傅說』這名賢臣相助；今日主上夢見這隻怪獸有一對翅膀，應該就是飛熊，是能尋找到賢臣相助的好夢。」後來文王果然得到姜子牙這位人才，而姜子牙的道號剛好就是「飛熊」。

傳說裡的好夢

「虎跑夢泉」：在杭州西湖的大慈山下，有一座大慈定慧禪寺，據說唐朝一位名叫性空的高僧曾住在這裡。當時那裡水源短缺，實在生活不下去了，性空大師就想把寺廟遷走。結果，有一天大師在睡夢中得到神仙的指示，神仙說在南岳衡山有童子泉，祂會請兩隻老虎把泉水移過來。果然第二天白日，寺裡突然跑來兩隻老虎，牠們在翠綠的岩石上奔跑刨挖，石壁就湧出泉水了。後來大家就把這處甘美的泉水命名為「虎跑泉」，而定慧寺也因此被稱為「虎跑寺」。

小時候會讀、喜歡讀，不保證長大會繼續讀或是讀得懂。我們需要隨著孩子年級的增長提供不同的閱讀環境，讓他們持續享受閱讀，在閱讀中，增長學習能力。這正是【樂讀 456】系列努力的方向。 —— 中央大學學習與教學研究所教授 **柯華葳**

系列特色

1. 專為已經建立閱讀習慣的中高年級以上讀者量身打造。
2. 兩萬到四萬字的中長篇故事，培養孩子的閱讀續航力。
3. 多元化題材及結構完整的故事內容，全面提升閱讀、寫作及表達能力。
4.「456 讀書會」單元，增進深度理解與獲得新知。

妖怪醫院

世上絕無僅有的【妖怪醫院】開張了！
結合打怪、推理、冒險……「這是什麼鬼！？」
新美南吉兒童文學獎作家富安陽子
最富「人性」與「療效」的奇幻故事

故事說的是妖怪，文字卻很有暖意，從容又有趣。書裡的妖怪都露出了脆弱、好玩的一面。我們跟著男主角出入妖怪世界，也好像是穿越了我們自己的恐懼，看到了妖怪可愛的另一面呢！

——知名童書作家 **林世仁**

生活寫實故事，感受人生中各種滋味

★北市圖好書大家讀推薦入選
★教育部國民中小學新生閱讀推廣計畫選書

★教育部性別平等教育優良讀物
★文建會台灣兒童文學一百選
★中國時報開卷年度最佳童書
★新聞局中小學優良讀物推介

★中華兒童文學獎
★文建會台灣兒童文學一百選
★「好書大家讀」年度最佳讀物
★新聞局中小學優良讀物推介

創意源自生活，優游於現實與奇幻之間

★系列曾獲選好書大家讀年度最佳讀物獎、入選義大利波隆那同書展臺灣館推薦書

《神祕圖書館偵探》系列，乍聽之下是個圖書館發生疑案，要由小偵探解謎的推理故事。細讀後發現不完全是如此，它除了「謎」以外，也個充滿想像力的奇幻故事。

——臺南大學附設實驗小學教師 **溫美玉**

掌握國小中高年級閱讀力成長關鍵期

樂讀456，深耕閱讀無障礙

學會分析故事內涵，鍛鍊自學工夫，增進孩子的閱讀素養

奇想三國，橫掃誠品、博客來暢銷榜

王文華、岑澎維攜手說書，用奇想活化經典，從人物窺看三國

本系列為了提高小讀者閱讀的興趣，分別虛構了四個敘述者的角度，企圖拉近歷史與孩子之間的距離，並期望，經由這些人物的事蹟，能激發孩子對歷史的思考，並發展出探討史實的能力。

—— 東華大學中文系教授、「三國學」專家　**王文進**

一般人只看到曹操敗得多淒慘，孔明贏得多瀟灑，我卻看見曹操的大器，拿得起，放得下！

—— **王文華**

如果要從三國英雄裡，選出一位模範生，候選人裡，我一定提名劉備！

—— **岑澎維**

孔明這位一代軍師生在當時是傑出的軍事家，如果生在現代，一定是傑出的企業家！

—— **岑澎維**

孫權的勇氣膽略，連曹操都稱讚：生兒當如孫仲謀！

—— **王文華**

黑貓魯道夫

一部媲美桃園三結義的黑貓歷險記

這是一本我想寫了好多年，因此叫我十分妒羨的書。此系列亦童話亦不失真，充滿想像卻不迴避現實，處處風險驚奇，但又不失溫暖關懷。寫的、說的，既是動物，也是人。

——知名作家　**朱天心**

★「好書大家讀」入選
★榮登博客來網路書店暢銷榜
★日本講談社兒童文學新人獎
★知名作家朱天心、番紅花、貓小姐聯合推薦

★「好書大家讀」入選
★日本野間兒童文藝新人獎
★日本路傍之石文學獎
★知名作家朱天心、番紅花、貓小姐聯合推薦

★知名作家朱天心、番紅花、貓小姐聯合推薦

★日本野間兒童文藝獎

妖怪醫院 5

我的夢會被妖怪吃掉嗎？

作者｜富安陽子
繪者｜小松良佳
譯者｜游韻馨

責任編輯｜許嘉諾
美術設計｜林佳慧、Abrand Design
行銷企劃｜葉怡伶

天下雜誌群創辦人｜殷允芃
董事長兼執行長｜何琦瑜
媒體暨產品事業群
總經理｜游玉雪　副總經理｜林彥傑
總編輯｜林欣靜
行銷總監｜林育菁
主編｜李幼婷
版權主任｜何晨瑋、黃微真

出版者｜親子天下股份有限公司
地址｜台北市 104 建國北路一段 96 號 4 樓
電話｜（02）2509-2800　傳真｜（02）2509-2462
網址｜ www.parenting.com.tw
讀者服務專線｜（02）2662-0332　週一～週五：09:00~17:30
讀者服務傳真｜（02）2662-6048
客服信箱｜ parenting@cw.com.tw
法律顧問｜台英國際商務法律事務所．羅明通律師
製版印刷｜中原造像股份有限公司
總經銷｜大和圖書有限公司　電話：（02）8990-2588

出版日期｜ 2017 年 9 月第一版第一次印行
2024 年 1 月第一版第十四次印行
定　　價｜ 260 元
書　　號｜ BKKCJ041P
I S B N｜ 978-986-95267-2-2

訂購服務
親子天下 Shopping ｜ shopping.parenting.com.tw
海外 ・ 大量訂購 ｜ parenting@cw.com.tw
書香花園｜台北市建國北路二段 6 巷 11 號 電話（02）2506-1635
劃撥帳號｜ 50331356 親子天下股份有限公司

立即購買 >
親子天下 Education · Parenting Family Lifestyle 親子天下 Shopping
親子天下 有聲故事書

國家圖書館出版品預行編目資料

妖怪醫院5：我的夢會被妖怪吃掉嗎？／富安陽子文；小松良佳圖. -- 第一版. -- 臺北市：親子天下, 2017.9
136面；17X21公分. --（樂讀456系列；41）
ISBN 978-986-95267-2-2（平裝）

861.59　106014066

OBAKE NI YUME WO TABERARERU!? -NAIKA OBAKEKA HOOZUKI IIN
by YOHKO TOMIYASU and YOSHIKA KOMATSU
Text Copyright © 2010 Yohko Tomiyasu
Illustrations copyright © 2010 Yoshika Komatsu
Originally published in Japan in 2010 by POPLAR PUBLISHING CO., LTD.
Traditional Chinese translation rights arranged with POPLAR PUBLISHING CO., LTD., Tokyo
through AMANN CO., LTD., Taipei.
Traditional Chinese translation copyright © 2017 by CommonWealth Education Media and Publishing Co., Ltd.
All rights reserved.
No part of this book may be reproduced in any form without the written permission of the publisher.